SONNETS

PAR

ÉDOUARD BURDET

De omni re scibili et quibusdam aliis.

1849—1854

PARIS

DENTU, LIBRAIRE, GALERIE D'ORLÉANS, N° 13,

PALAIS ROYAL.

—

MDCCCLIV

SONNETS

PAR

ÉDOUARD BURDET

De omni re scibili et quibusdam aliis.

1849—1854

PARIS

DENTU, LIBRAIRE, GALERIE D'ORLÉANS, N° 13,

PALAIS ROYAL.

MDCCCLIV

I

PRÉFACE

Genus irritabile vatum.

De par le sort de pile ou face,
Je me vois forcé, cher lecteur,
De te dire dans ma Préface
Que je t'aime de tout mon cœur;

Que mon livre, quoi que l'on fasse,
Doit m'attirer beaucoup d'honneur;
Et qu'il faut qu'il te satisfasse
Pour peu que tu sois connaisseur.

De plus, arrondissant ma phrase,
Je me proclame avec emphase
Ton très dévoué serviteur;

Sauf à t'appeler âne insigne
Si tu critiques une ligne.
Te voilà prévenu.

L'AUTEUR.

II

CIEL NOCTURNE

Cœli enarrant gloriam Dei.

Les voyez-vous là haut illuminer les ombres,
Ces globes dont le nôtre ou s'approche ou s'enfuit?
Météores perdus, étoiles en décombres,
Jeunes astres heurtant un vieux monde détruit.

Et toujours et partout, étincelants ou sombres,
Ils mêlent leurs détours et passent jour et nuit;
Satellites épars des planètes sans nombres
Et comètes en feu qu'un jet de flamme suit.

Le regard se fatigue et l'esprit s'épouvante
De voir autour de nous l'immensité mouvante,
Et l'univers peuplé de soleils éclatants.

Oh! qu'on prend en pitié les choses de la terre
A contempler aux cieux votre étonnant mystère,
Infini de l'espace, éternité du temps!

III

LE RIRE

Heureux l'enfant en sa naïveté:
Sans peur de rien, sans souci de personne,
Il saute, il rit, sa bruyante gaîté
En longs éclats à tout propos résonne.

Heureux encor le jeune homme emporté:
A ses vingt ans la vie apparaît bonne,
Parmi les fleurs, vers un joyeux été
Il va chantant et doute de l'automne.

Plus tard vieilli, fatigué de douleur,
L'homme à regret épanouit son cœur,
Tous ses plaisirs sont doublés de tristesse.

O doux Seigneur, je l'implore à genoux!
Pour mes amis et pour moi, gardez-nous
Le rire plein [1] de la folle jeunesse!

[1] Expression de Balzac.

IV

JÉSUS-CHRIST

Les opprimés pleuraient depuis quatre mille ans,
Et, tristement courbés sous le poids de leurs chaînes,
Exhalaient sans espoir leurs impuissantes haines;
Les peuples détestés détestaient leurs tyrans.

Empereurs, citoyens, délateurs, courtisans,
Hardis gladiateurs tombant dans les arènes,
Esclaves mis en croix ou jetés aux murènes,
Tous mouraient, à la fois maudits et maudissants.

La force régnait seule, et sans cesse la guerre
Étrangère ou civile ensanglantait la terre,
Et tous les cœurs souffraient de ces luttes sans fin!

En ce temps-là passa, suivi de douze apôtres,
Un homme pauvre et simple, au sourire divin;
Il disait: « Aimez-vous, frères, les uns les autres! »

V

LA LUNE

> C'était dans la nuit brune,
> Sur le clocher jauni,
> La lune,
> Comme un point sur un i.
> (A. DE MUSSET.)

On s'est moqué de toi, cela me fait grand'peine,
O Lune, car je t'aime, et tu jettes sur moi
De si douces clartés, par une nuit sereine,
Que j'en suis tout ému, je ne sais pas pourquoi.

Je laisse errer mes yeux sur ta face lointaine,
J'y rève des palais que jamais je ne voi,
J'y place à tout hasard des coteaux, une plaine,
Des forêts, des glaciers... As-tu cela chez toi?

Es-tu l'Enfer de l'homme? Es-tu le Purgatoire?
N'es-tu qu'un réflecteur éclairant l'ombre noire,
Un point jaune tournant sur le clocher jauni?

Es-tu le premier pas de la route éternelle
Où, libre après la mort, passe l'âme immortelle
Pour monter d'astre en astre à travers l'infini?

VI

BONHEUR CONJUGAL

C'est au moment où l'homme est brillant de jeunesse,
Où la femme revêt sa plus grande beauté,
Qu'ils doivent, dans l'ardeur d'une folle caresse,
Incarner en un fils leur double volupté.

Quand l'âge aura calmé leur mutuelle ivresse,
Instruits par le bonheur et par l'adversité,
La mère avec douceur, le père avec sagesse,
Règleront les écarts du jeune homme emporté.

Plus tard vieillis ensemble, et de loin dans la vie
Le prévoyant heureux, fiers de l'œuvre accomplie,
Ils mourront dans ses bras sans crainte et sans remords.

Cette loi fait l'amour des amants en ce monde,
Elle donne aux époux une amitié profonde,
Aux vieillards du respect, un souvenir aux morts.

VII

FRANCHISE

Peut-être vous rirez en sachant ma faiblesse;
N'importe, écoutez-moi, ne fût-ce qu'un moment;
N'allez pas vous fâcher si mon aveu vous blesse,
Mais... je voudrais vous plaire et je ne sais comment.

Quand votre long regard jusques à moi s'abaisse,
Faut-il d'un air soumis peindre mon sentiment?
Quand vous riez joyeuse, ô ma belle princesse,
Dois-je dire : « Parbleu ! prenez-moi pour amant ? »

Soyez franche un quart-d'heure et cessez d'être femme;
Plus de ces changements qui me torturent l'âme;
Je ne suis qu'une bête et je ne comprends rien.

Dites-moi : « Je vous aime ! » ou bien : « Je vous déteste ! »
Si vous êtes... sensible, ordonnez que je reste;
Si vous me haïssez, chassez-moi comme un chien !

VIII

GRANDEUR ET PETITESSE

Plus haut que la chaumière enfouie en la plaine
Apparaît le château du seigneur ; plus encor
Surgit à l'horizon la cime du vieux chêne,
Plus encor le clocher lève au ciel sa croix d'or.

Plus haut se dresse en l'air la colline lointaine,
Plus haut est le Jura, plus haut est le Thabor,
Plus haut l'Himalaya que l'œil mesure à peine
Monte, dépassant l'aigle en son plus large essor.

Pourtant, les pics neigeux des plus superbes cimes
Ne se distinguent pas des plus profonds abîmes,
Sur cette étroite sphère imperceptibles plis !

Eh bien ! moins grand qu'un mont, moins grand que la colline,
Moins grand que le clocher, moins grand que la chaumine,
L'homme s'estime grand et raille les fourmis !

IX

CREDO

Il fait beau, j'ai bien bu, tout est couleur de rose!
Par ma foi, c'est très bon d'être gai, désormais
Je proscris de chez moi le doute à l'œil morose;
Tout est bien, je dis plus, tout est mieux, je l'admets!

Je crois à la vertu, vous aussi? je suppose;
Je crois en ce moment à Dieu plus que jamais,
Car il a fait le vin, cette excellente chose
Que j'aimerai demain comme hier je l'aimais!

Je crois qu'il est grand jour quand le soleil me grille;
Je crois qu'on a bien fait d'abattre la Bastille;
Je crois qu'on peut trouver dix vierges dans Paris.

Je crois, sans hésiter, les récits de l'histoire;
Je crois qu'en s'y prêtant un peu l'on peut tout croire,
Je crois, enfin, je crois... je crois que je suis gris.

X

L'ÉCUYÈRE

Elle est rieuse, elle est folle,
Elle est ivre de gaîté,
Brune comme une Espagnole,
Chaude comme un jour d'été.

Quand son cheval caracole
Dans le grand Cirque emporté,
Elle bondit, elle vole,
Belle de témérité!

Ah! si c'était ma maîtresse,
Je lui donnerais sans cesse
Riche amour, riches présents.

C'est un pitre [1] laid et louche
Qui l'aime et boit sur sa bouche
Le parfum de ses quinze ans!

[1] Le comique des troupes foraines.

XI

CHATEAUX EN ESPAGNE

Quand j'ai des accès de raison,
Je fais des châteaux en Espagne;
Je me souhaite une maison
Dans une riante campagne;

Par devant un large horizon,
Et par derrière une montagne;
Du soleil en toute saison,
Ma Muse pour toute compagne;

Un petit jardin, un gros chien,
Quelques voisins hommes de bien,
Chaque soir à lire un bon livre;

Jamais de femme et point d'enfants;
Quand j'aurai quatre-vingt-seize ans,
Voilà l'asile où j'irai vivre!

XII

LA VOLONTÉ

Fatalement s'élève et tombe la matière,
Fatalement verdoie et s'étend la forêt,
Fatalement encor vivant à sa manière,
L'éphémère animal naît, passe et disparaît.

Même règle s'applique à la nature entière:
L'onde suivant sa pente y cède sans regret,
La plante s'y résigne et cherche la lumière,
La bête s'y conforme et fouille le guéret.

L'homme seul se croit libre; imperceptible insecte,
Il dit braver la loi que l'univers respecte,
Et cède au mouvement sans se voir emporté.

Il subit, en dépit de doutes ridicules,
L'attraction qui meut ses frêles molécules,
Et décore l'instinct du nom de volonté!

XIII

JUIN

Si je t'estime, ô Juin, plus que les autres mois,
Ce n'est point pour tes tas de cerises tournées,
Pour la verte saveur de tes gros petits pois,
Pour tes maigres paniers de framboises fanées ;

Pour ta vieille Saint-Jean, fête des bons bourgeois,
Pour tes chemins poudreux et tes longues journées,
Pour tes bals de barrière aux avant-deux grivois,
Pour tes champêtres jeux des foires avinées :

C'est pour ton zéphyr tiède envolé dans la nuit,
Pour tes bois frémissants d'un indicible bruit,
Concert mystérieux à l'âme émerveillée ;

C'est pour tes doux propos, tes baisers palpitants
Qu'échangent au hasard, enivrés du printemps,
Les couples d'amoureux errant sous la feuillée.

XIV

DANS LA RUE

Peste, le joli pied! hum! hum! Mademoiselle!...
— Monsieur, vous me prenez pour une autre!—Non pas,
Depuis que je vous vois, je vous sais jeune et belle.
— Monsieur! —Vous attendez quelqu'un? — Non. — En ce cas,

Je... —Monsieur, laissez-moi! — Que vous êtes cruelle!
Mais je sais mon devoir, daignez prendre mon bras...
—Ah! c'est trop fort!—Du tout, au bout de la ruelle,
Voyez cet homme gris qui se glisse là-bas,

On dirait un voleur... —Mais, Monsieur, votre route
N'est pas la mienne, il faut vous détourner sans doute,
Aussi... —Je suis garçon. —Non, je vous gêne... —En rien,

Vous êtes demoiselle? — Oh! non. — Veuve? je gage.
—Non. —Mariée? —Oui. — Bah! —Mais mon époux voyage.
—Tiens! – Oui. —Vous logez seule? - Au second. -Ah! très bien

XV

LE PRINTEMPS

> C'est-à-dire environ le temps
> Que tout aime et que tout pullule dans le monde,
> Monstres marins au fond de l'onde,
> Tigres dans les forêts, alouettes aux champs.
> (La Fontaine).

Voici le printemps, le joyeux printemps !
Au gai colombier le pigeon roucoule,
Le rossignol chante au bois ses doux chants,
Le coq amoureux caresse la poule.

Sous un clair soleil, l'arbre croît aux champs ;
L'herbe en tapis vert au loin se déroule ;
A leurs anciens nids, voyageurs constants,
Les oiseaux frileux revolent en foule.

Par le jour plus tiède une même ardeur
Fait épanouir la femme et la fleur,
La nature pâme à se voir féconde ;

Au feu du désir palpite le cœur ;
Voici le printemps, voici le bonheur !
Le vent de l'amour souffle sur le monde !

XVI

FILLES DE JOIE

Sus aux filles de joie! attachons sur la claie
Leur corps, marbre sans cœur, serpent qui glace et mord!
Jésus leur pardonnait et guérissait leur plaie;
Au nom des bonnes mœurs, frappons-les, même à tort!

Insultons leur froideur, raillons leur amour vraie,
C'est œuvre de vertu, c'est le droit du plus fort!
Oublions, il le faut, que leur faste se paie
D'une naissance immonde et d'une ignoble mort;

Qu'à plaindre d'autant plus s'il leur reste une mère,
De leur amère enfance à leur vieillesse amère,
Elles courent menant leur jeunesse à grands bruits;

Qu'ivres de long espoir et de folle chimère,
Elles jettent au vent leur splendeur éphémère,
Eblouissant éclair entre deux sombres nuits!

XVII

LE VOYAGE

On appelle cela naître, vivre et mourir,
La volonté de Dieu soit faite!
(FLORIAN.)

Malheureux voyageurs sur l'Océan du monde,
Partis sans le savoir d'un pays inconnu,
Nous voguons, emportés au caprice de l'onde,
Vers un port incertain dont nul n'est revenu!

Le vent est furieux et la nuit est profonde:
Plus d'un esquif se perd, plus d'un cadavre nu
Roule de flot en flot, plus d'une tête blonde
Surnage froide et pâle auprès d'un front chenu.

Au loin pas un fanal, au ciel pas une étoile;
A peine si l'on peut, pour diriger sa voile,
A travers les débris se frayer un chemin!

— O vous dont le vaisseau brave la mer et l'ombre,
Frères, n'insultez pas la faible nef qui sombre,
Aux naufragés tendez la main!

XVIII

LE SERIN

N'en déplaise aux railleurs, je donnerais sans peine
Mon nom et mon état pour ceux d'un animal;
Je suis peu glorieux de ma nature humaine,
Elle cause, en tout temps, moins de bien que de mal.

C'est au point que souvent j'ai fait une neuvaine
Pour obtenir bientôt le bonheur sans égal
De devenir serin : becqueter de la graine,
Boire de l'eau limpide autant que le cristal;

Lisser du bec le bord de mes plumes dorées,
Gazouiller des chansons par l'amour inspirées,
Voltiger au soleil dans un ciel toujours bleu;

M'endormir, chaque soir, la tête sous mon aile,
Saluer sans remords chaque aurore nouvelle,
Vivre dix ans au plus, quel heureux sort, mon Dieu!

XIX

LES CONTRASTES

Oh ! les contrastes ! les contrastes !
Quand je suis devant mon papier,
J'ai pour le beau sexe en entier
Les goûts les plus enthousiastes.

Or, à des appétits si vastes
Nulle n'oserait se fier.
Eh bien ! dans le particulier,
J'ai le geste et le ton très chastes.

Moi, le rimeur audacieux,
Je rougis, je baisse les yeux,
Je me trouble, je balbutie.

Aussi, mes malheurs sont réels
Et je ne fais en cette vie
Rien que des péchés véniels.

XX

L'ORAGE

Ce matin, le soleil s'est levé calme et pur,
Jetant de gais rayons à travers le feuillage.
Quel bonheur! je croyais au temps splendide et sûr,
J'admirais l'infini du ciel bleu sans nuage.

Soudain j'ai vu monter dans le lointain azur
Une sombre nuée au sinistre présage;
Terrible, elle a grandi couvrant d'un voile obscur
L'horizon radieux, j'ai pressenti l'orage!

L'aquilon secoua les feuilles du jardin,
Et fit tourbillonner la poudre du chemin,
Puis régna le silence!..... A ma vue éblouie

Brilla l'éclair; depuis, le ciel est toujours noir;
L'ouragan va-t-il fuir ou durer jusqu'au soir?
Dieu le sait! — C'est bien là l'image de ma vie!

XXI

LE FONDEMENT DU BONHEUR

Le plus sûr fondement du bonheur en ce monde,
Ce n'est pas la beauté, chaque jour la détruit,
Ce n'est pas la fortune instable comme l'onde,
Ce n'est pas le renom qui passe en un vain bruit ;

Ce n'est pas la vertu, car plus d'un sot la fronde,
Ce n'est pas l'amour pur, à lui-même il se nuit,
Ce n'est pas la sagesse, elle est trop inféconde,
Ce n'est pas le plaisir, bien souvent il en cuit ;

Ce n'est pas le savoir, il excite l'envie,
Ce n'est pas l'ignorance, elle abrutit la vie,
Ce n'est pas l'opium, le jeu ni le tabac :

Le plus sûr fondement du bonheur véritable,
Que l'on soit faible ou fort, puissant ou misérable,
Sage ou fou, jeune ou vieux, c'est un bon estomac.

XXII

LA FORMULE ORDINAIRE

Oui, j'en conviens, Mademoiselle,
Les amoureux sont des ingrats,
Aux pieds de toute fille belle
Ils font grand bruit, à tour de bras !

Cédez-vous devant tant de zèle,
Leurs beaux serments ne durent pas ;
Je le sais, leur flamme infidèle
Au moindre vent s'éteint, hélas !

Si leur ardeur est mensongère,
La mienne du moins est sincère
Lorsque je vous offre ma foi.

En amour où la fraude abonde,
Méfiez-vous de tout le monde ;
Mais fiez-vous toujours à moi !

XXIII

UNE SŒUR

Une petite fille à la bouche bien rose,
Aux grands yeux étonnés, folle pendant le jour,
Et la nuit, calme ainsi qu'un oiseau qui repose,
Caressante, mutine et bonne tour à tour ;

Une naïve enfant montrant en toute chose
Les inspirations d'une âme sans détour,
Douce et fraîche au regard comme une fleur éclose,
Une incarnation d'un souffle de l'amour ;

Telle est la jeune sœur que souvent j'ai rêvée
Et que pendant ma vie au malheur éprouvée,
J'ai demandée au Ciel par d'inutiles vœux !

Sur mes genoux assise, ange de l'espérance
Elle eût calmé mon cœur et chassé ma souffrance
En essuyant mes pleurs avec ses blonds cheveux !

XXIV

MA VOISINE

J'y vois fort mal, aussi je suis très curieux ;
Donc, l'autre soir, de loin je lorgnais ma voisine,
Et je me demandais pourquoi, l'air soucieux,
Elle effleurait le bord de sa rose narine.

Sèchait-elle des pleurs qui coulaient de ses yeux ?
Voulait-elle chasser une mouche mutine ?
Cherchait-elle à ranger des boucles de cheveux
Échappés du bonnet de blanche mousseline ?

Faisait-elle éveillée un rève de bonheur
Et, du doigt effaçant sa brûlante rougeur,
Calmait-elle l'ardeur de sa lèvre amoureuse ?

Je me creusais l'esprit : était-ce un mal léger ?
Etait-ce une habitude, un geste passager ?
Elle prisait, la malheureuse !

XXV

LE MARIAGE

Prendre une femme, ou mieux, se trouver pris par elle,
Céder sa liberté pour l'esclavage à deux ;
Si l'épouse est trop laide en avoir plein les yeux,
En avoir plein le front si la fille est trop belle ;

Signer, dans un transport de gloire paternelle,
Quelqu'œuvre d'un voisin par trop officieux ;
Changer un bonheur vrai contre un bonheur douteux,
Pour surprendre un amant se creuser la cervelle ;

Etre en fait la victime et sembler le bourreau,
Ne plus compter pour rien, n'être ni bon, ni beau,
User en travaillant le restant de son âge ;

Enfin, à charge aux siens, mourir faible et maigri,
Pour avoir sur sa tombe : Un tel fut bon mari,
Bon père et bon enfant. — Voilà le Mariage !

XXVI

LA NUIT DE MAI

J'avais lu quelque part qu'il était poétique
D'aller, un soir de Mai, promener ses ennuis
En plein champ, quand la lune, astre mélancolique,
Inonde de clartés l'immensité des nuits.

C'était fort bien en vers, j'en vins à la pratique.
Donc, aux premiers bourgeons, quand poussèrent les buis,
Dès que Phœbé montra son croissant symbolique,
J'allai prêtant l'oreille à d'indicibles bruits.

Voix du silence, échos de vagues harmonies,
Vous me jetiez au cœur des douceurs infinies
Quand j'errais triste et seul sous l'ombrage des bois !

Jusqu'au pâle matin, ô ravissant délire !
Je fis chanter mon âme aux accords de ma lyre,
Et je fus enrhumé comme un loup quatre mois !

XXVII

SOUVENIRS

O mes lettres d'amour, de vertu, de jeunesse !
(V. Hugo.)

Souvenirs gracieux de femmes adorées,
Fleurs des champs, blonds cheveux, gants parfumés du ba
O reliques d'amour par l'amour consacrées,
Que votre aspect m'est doux et qu'il me fait de mal !

Que vous me rappelez d'enivrantes soirées
Où nous goûtions à deux un bonheur idéal !
Que vous me rappelez de promesses jurées
Le soir, au fond des bois, loin des yeux d'un rival !

Fleurs des champs que Jenny cueillit dans la prairie,
Blonds cheveux que pour moi sacrifia Marie,
Gants parfumés du bal dérobés à Stella,

Restes tièdes encor de mes belles années,
Gants flétris, cheveux morts, petites fleurs fanées,
Espérance et jeunesse, ô mon Dieu, tout est là !

XXVIII

TOUT EST BIEN

Tout est pour le mieux
(*Candide*.—Voltaire.)

Oui, le ciel est splendide et le soleil est beau ;
Oui, le printemps est doux et douce la verdure ;
Dans la terre et dans l'air, dans la flamme et dans l'eau,
Dieu rayonne vivant à travers la nature.

Quoi de plus gracieux qu'un nid, frèle berceau
Que balance le vent avec un frais murmure ?
J'aime la vigne en fleurs au penchant d'un coteau
Et les jaunes épis d'une moisson bien mûre.

Où je porte mes yeux je ne vois rien de mal ;
Je contemple à genoux le plus humble animal,
Le pollen d'une fleur, le pépin d'une pomme.

Du serpent à l'abeille et du chêne au chardon,
Le tigre, le rocher, le pavot, le ciron,
Tout est bien dans le monde. Oh ! non, j'oubliais l'homme.

XXIX

CONTE

Il était une fois, dans un pays quelconque,
Un être sot et lourd qu'on appelait Sôma,
Et puis une beauté telle qu'on n'en vit oncque
De plus belle, ce fut Psyché qu'on la nomma.

Ainsi parut Vénus dans sa céleste conque
Quand un souffle divin de l'onde la forma ;
Autant brillait Psyché ; pardonnez si je tronque,
En un mot, comme en dix, Psyché la belle aima ;

Tant et si bien qu'enfin lassé de ses fredaines,
Dieu daigna la punir des plus terribles peines ;
Il l'unit à Sôma pour au moins quarante ans.

Ni l'un ni l'autre, hélas! n'y trouvèrent leur compte;
Aussi, pour terminer comme on finit un conte,
Ils furent malheureux et n'eurent pas d'enfants.

Nota. Est-il besoin de dire que *Sôma* veut dire corps, et *Psyché* âme ?

XXX

SOUS UN CHÊNE

Voyons, ma belle enfant, à quoi bon vous défendre ?
Il est doux d'être aimée et d'aimer, croyez-moi !
Vous l'ignorez encor ce bonheur vif et tendre,
Il vient s'offrir à vous, pourquoi le fuir ? Pourquoi ?

Les beaux jours durent peu, faut-il toujours attendre
Et craindre le plaisir ? Quand un secret émoi
Soulève votre sein, l'amour vous fait entendre
Qu'il est temps d'obéir à sa divine loi.

Quand partout, dans le ciel, sur la terre et sous l'onde,
Etres et fleurs tout cède à cette ardeur féconde,
Seule vous résistez à son souffle de feu ?

Voyez, sombre est la nuit, profond est le silence,
Une tiède senteur dans les airs se balance,
Allons, ma belle enfant, laissez-vous faire un peu !

XXXI

PRIÈRE

Si cette pauvre terre est un lieu de passage,
Si nous devons plus tard vivre de mieux en mieux,
Et toujours voyager de rivage en rivage,
Emportés à travers l'immensité des cieux;

Seigneur, pour compagnons de l'éternel voyage
Donnez-moi les amis dont j'ai fermé les yeux,
Mes parents délivrés du terrestre esclavage,
Ma mère dont enfant j'ignorai les adieux;

Tous ceux que j'aimerai, que j'aime en cette vie,
Tous les hommes de bien, tous ceux dont le génie
A rendu les mortels plus joyeux et meilleurs;

Tous les fiers écrivains, famille universelle,
Tous ceux, grands ou petits, dont l'âme est pure et bell
Quant aux méchants, mon Dieu, qu'ils soient heureux...aill

XXXII

DIALOGUE

Les hommes sont changeants. — Les femmes sont légères.
— Vous aimez par caprice. — Et vous, par vanité.
— Vos soupirs sont trompeurs. — Vos larmes mensongères.
— En nous tout est tendresse. — En nous tout est bonté.

— Avez-vous satisfait vos amours passagères ?
Vous allez soupirer près d'une autre beauté.
— Par vous toutes, hélas ! princesses ou bergères,
Le plus nouvel amant est le mieux écouté.

— Vos serments ne sont rien que des discours frivoles.
— Et vous, jetant au vent les plus saintes paroles,
Vous raillez loin de nous notre crédulité.

— Vous riez entre vous des noms de vos maîtresses.
— Dans les entraînements des intimes caresses
Vous cherchez le plaisir. — Et vous la volupté.

XXXIII

PAUVRE ENFANT !

Elle a de grands yeux noirs pleins d'un éclat étrange,
Et de beaux cheveux bruns entourent son front blanc :
Elle est douce au regard et pure comme un ange,
Mais j'ai peine à la voir et je l'aime en tremblant.

Pauvre petite fille ! Adorable mélange
De candeur et d'esprit ! Tantôt, l'air turbulent,
Elle saute, elle court ainsi qu'une mésange ;
Tantôt calme, elle chante un chant suave et lent !

Telle une faible fleur arrachée à sa branche
Se hâte de briller, puis lentement se penche,
Jetant de doux parfums au moment de mourir ;

Telle, la frêle enfant cède au mal qui l'emporte,
A l'automne dernier sa jeune mère est morte.
— O mon Dieu, si l'été pouvait ne pas finir !

XXXIV

LES LUNETTES

Tout homme, quoi qu'il dise, a besoin de lunettes.
Il n'est œil si parfait, il n'est regard si vif
Qui ne gagne à lorgner par des glaces bien nettes,
Pour juger l'univers d'un esprit positif.

Le monde vous paraît plein de marionnettes ?
Par un verre convexe il semble moins chétif.
Vous croyez grands les nains et graves les sornettes ?
Réparez votre faute en creusant l'objectif.

Guérissez chaque erreur dont la vue est atteinte ;
L'enfant voit tout en rose, assombrissez la teinte ;
Le vieillard tout en noir, éclairez ses aspects.

Egayez les maris sujets à la jaunisse ;
Et, vous en tenant loin pour que Dieu vous bénisse,
Usez du télescope envers les gens suspects.

XXXV

L'ÉTÉ

Voici venir l'Été. Ne sens-tu pas, ma belle,
Ton cœur s'épanouir et ton corps se pâmer,
Quand le soleil brûlant en toi vient allumer
Pour des plaisirs nouveaux une flamme nouvelle ?

Voici les tièdes nuits où, dans une nacelle,
Il te plaît de glisser sur l'onde, et d'y semer
Ta couronne odorante afin de parfumer
La brise des flots bleus où la lune étincelle !

Le monde à tous les yeux dévoile ses splendeurs ;
Tous les bois sont couverts de feuilles et de fleurs ;
C'est le temps du plaisir, ô ma jeune maîtresse !

Enivrée au parfum de douce volupté
Qui jette tous nos sens dans une molle ivresse,
Ma belle, embrassez-moi, voici venir l'Été.

XXXVI

L'AME

Ou nous n'avons point d'âme ou nous en avons une.
Si nous en avons une, à quoi sert-elle ? À rien !
Si nous n'en avons pas, l'homme n'est qu'un vrai chien.
D'un et d'autre côté la réponse importune.

Si nous avons une âme, auprès de mainte brune
On ne le croirait guère, à voir notre maintien ;
Si nous n'en avons pas, le corps fait-il donc bien
De suivre en animal l'impulsion commune ?

Les sens nous font grossiers, l'âme nous fait pervers.
Que veut-elle invisible au visible univers ?
Avec elle il s'embrouille et sans elle il s'explique ;

Aussi ne sachant trop que penser sur ce point,
A table, au lit, partout, je dis, mélancolique :
Ou nous avons une âme, ou nous n'en avons point.

XXXVII

AUX HOMMES DE MA GÉNÉRATION

Frères, nous arrivons au sommet de la vie.
Sur le double versant où court le genre humain
Voyons la route à suivre et la route suivie
Où nous allions hier, où nous irons demain ;

De ceux qui sur nos pas venaient, l'âme ravie,
Combien ont succombé déjà sur le chemin !
De ceux qui devant nous excitaient notre envie,
Combien sont disparus, qui nous tendaient la main !

Au loin de gais enfants, là-bas des vieillards graves,
Là des adolescents, là des forts et des braves,
Là nos premiers amis, là nos derniers parents.

— Ah ! serrons-nous de près avant que vienne l'heure !
Aimons-nous, pour qu'au moins un se souvienne et pleure
Chaque fois que la mort décimera nos rangs !

XXXVIII

HISTOIRE

Oh ! n'insultez jamais une femme qui tombe !
(V. Hugo.)

Parce qu'elle était belle et pleine de candeur,
Cédant au feu secret dont elle était brûlée,
A moitié se donnant, à moitié violée,
Dans les bras d'un jeune homme elle a perdu l'honneur !

A ce premier amant un autre aussi trompeur
Succède, et par le temps et l'abus consolée,
Cette fille s'en va, de lit en lit roulée,
Vivant au jour le jour et raillant le malheur.

Veut-elle remonter le courant de sa vie ?
Le monde la repousse et rit de sa folie,
Elle se noie alors dans la fatalité !

Comme sur une pente escarpée elle glisse,
Et rien n'arrête plus son corps précipité
Que les derniers rochers du dernier précipice !

XXXIX

RAILLER

Certaines gens m'ont dit que j'aimais trop railler,
Tant pis ! Tant mieux plutôt, car je serais malade ;
Si je ne riais plus, il me faudrait bâiller,
Or, ce délassement me paraît creux et fade.

Quand tous les jours je vois des sots à fouailler,
Je ne cinglerais pas leur sottise maussade !
Je veux les empoigner, je veux les travailler,
Les faire huer partout comme une mascarade !

Je veux rire de tout et de tous ; je prétends
M'amuser de ce monde et de ses habitants,
Voir de mon petit coin vaudevilles et drames,

Et siffler les acteurs si leur jeu me déplaît ;
Je veux fronder le mal et critiquer le laid !
C'est bon d'être méchant ! — N'est-il pas vrai, Mesdames ?

XL

CHIEN ET AMI

J'avais, au temps de ma richesse,
Un ami des plus chaleureux ;
Il m'accablait de sa tendresse
Et de ses transports furieux.

J'avais, aux jours de ma jeunesse,
Un beau chien noir aux poils soyeux,
Qui m'aimait plus qu'une maîtresse
Et me comprenait beaucoup mieux.

Loin d'eux je partis en voyage ;
A peine sauvé d'un naufrage,
Pauvre, je revins les chercher.

Hier je les trouvai dans la rue :
Mon ami détourna la vue,
Mon chien accourut me lécher.

XLI

LA JEUNESSE

Si l'enfant plus rêveur s'entoure de beauté,
Si son regard sourit et si sa voix caresse,
Si son calme sommeil d'un songe est agité,
C'est qu'elle est proche, la jeunesse !

S'il aime à tous hasards, si l'esprit transporté,
Vers le beau, vers le bien il s'élance sans cesse,
S'il tremble de bonheur, pâlit de volupté,
C'est qu'elle fleurit, la jeunesse !

Si plus tard, triste et froid, fatigué de douleur,
Il ne sent plus l'amour faire battre son cœur,
Si le lucre seul l'intéresse,

Si des plus grands serments il ose faire un jeu,
S'il doute de lui-même et ne croit plus à Dieu,
C'est qu'elle est morte, la jeunesse !

XLII

SI VOUS M'AIMIEZ UN PEU

Si vous m'aimiez un peu, vous me laisseriez prendre
Cette petite main que vous me refusez ;
Si vous m'aimiez un peu, sans trop vous en défendre,
Vous m'y laisseriez mettre au moins quelques baisers ;

Si vous m'aimiez un peu, j'oserais entreprendre
De vous dire tout bas combien vous me plaisez ;
Si vous m'aimiez un peu, vous seriez bonne et tendre,
Et pour m'encourager vous me diriez : Osez.

Mais vous ne m'aimez pas, vous l'avez dit, Madame,
J'ai dû bannir l'espoir qui charmait tant mon âme ;
Vous dédaignez l'amour que j'apporte à vos pieds.

Oh ! prenez donc pitié de mon affreux martyre,
Accordez-moi de grâce, un regard, un sourire,
Et faites un moment comme si vous m'aimiez !

XLIII

A JEANNE D'ARC

A toi, fille des champs, l'hommage de mes vers !
Plus qu'une impératrice au brillant diadême,
Plus qu'une reine altière, orgueil de l'univers,
Bergère humble et rêveuse, ô Jeanne d'Arc, je t'aime !

Car ton cœur était fier, car seule en nos revers
Tu fus noble, et je crois, enfant, comme toi-même,
Qu'à tes yeux éblouis les cieux se sont ouverts
Et que Dieu t'a dicté sa volonté suprême !

Comme ils t'ont fait pleurer ! Comme ils t'ont fait souffrir !
Et pas un seul Français ne te vint secourir !
Les peuples et les rois sont ingrats, jeune fille !

Mais purs comme le Christ sur le mont Golgotha,
Au sommet du bûcher où l'Anglais te jeta,
Ton souvenir grandit et ton image brille !

XLIV

LE CIMETIÈRE

Lorsque j'étais enfant, quand j'avais été sage,
Souvent au cimetière on m'allait promener ;
Ignorant de tout mal, comme on l'est au jeune âge,
Au milieu des tombeaux j'allais sans m'étonner.

Je courais, j'épelais quelques noms au passage,
Et même, pauvres morts, veuillez me pardonner,
Je vous prenais vos fleurs à travers le grillage,
Sans leur laisser au moins le temps de se faner.

Des profanations de ma joyeuse enfance
Et de ces frais bouquets j'ai gardé souvenance.
J'aime le champ d'asile où dorment nos aïeux ;

J'aime encore à fouler la féconde poussière
Où nos corps, transformés en fleurs de cimetière,
En suaves parfums s'exhalent vers les cieux.

XLV

OUI OU NON

Un doux nenny avec un doux sourire.

Quand aux pieds d'une femme on supplie à genoux,
Plus d'une en rougissant se recule, soupire,
Et, les yeux égarés, elle s'efforce à dire
Un doux nenny suivi d'un sourire bien doux.

Une autre moins timide aux tendres rendez-vous,
Se livre tout entière à son fougueux délire,
Et par un franc baiser défiant la satire,
S'écrie : « Oh ! oui, je t'aime ! Aimons-nous ! aimons-nous ! »

Nenny me plaît assez, oui me semble adorable ;
La feinte à la franchise est-elle préférable ?
L'amour est-il meilleur pudibond que naïf ?

O vous, jeunes et vieux, experts en la matière,
Décidez, sur ce point je suis un peu craintif,
Je pourrais me tromper d'une ou d'autre manière.

XLVI

LES COCUS

O fortunatos nimium sua si bona nôrint.
(VIRGILE).

Trop heureux les cocus s'ils savaient leur bonheur !
Que ne le suis-je ! Car j'aurais femme jolie
Et, grâce aux petits soins de son zèle trompeur,
Je me croirais aimé, c'est tout ce que j'envie ;

Car, admis le premier à la coupe du cœur,
J'aurais tout le nectar et les autres la lie ;
Car les pauvres amants à qui je ferais peur,
Pour moi s'épuiseraient en frais de flatterie ;

Car je serais partout bien choyé, bien fêté ;
Car philosophe sage en ma franche gaîté,
Je ne mets pas l'honneur où le monde le place ;

Car tous les gens de bien le sont à qui mieux mieux,
Et, puisque Adam le fut, en fils respectueux
Je prétends être de sa race.

XLVII

AMOUR ET DISCRÉTION

Ne craignez rien, je suis discret, Madame,
Et devant tous je tairai mon bonheur ;
J'enfouirai mon trésor dans mon cœur,
A nos yeux seuls brillera notre flamme.

Nous laisserons dans l'ombre de notre âme
S'épanouir l'amour, secrète fleur ;
Heureux pour nous sans regrets et sans peur,
Nous braverons le souffle impur du blâme.

A mes respects avec soin calculés,
A vos dédains savamment simulés,
Nul ne croira que vous êtes aimée.

Mais une fois dans votre frais boudoir,
Lumière éteinte et porte bien fermée,
Par la mordieu ! qu'il ferait bon nous voir !

XLVIII

LES MORTS

Requiescant in pace.

Ma foi ! Vivent les morts ! Ils n'ont plus de chagrin ;
Une fois enfermés à six pieds sous la terre,
Ils peuvent en repos dormir soir et matin
Sans désirer la paix et sans craindre la guerre.

Pour eux plus de procès, plus de soif ni de faim !
Ils se moquent du vent, du froid et du tonnerre.
Les époux séparés bénissent leur destin ;
Le tyran et l'esclave ont même lit de pierre.

Vieux fantômes errant pendant les sombres nuits,
Sur nos crimes cachés, sur nos vastes ennuis
Ils jettent des regards de haine ou d'ironie.

— O squelettes blanchis, j'aime vos ossements
Et le rire éternel de vos trente-deux dents !
Riez-vous par hasard d'avoir quitté la vie ?

XLIX

DEUX BAISERS

Allons, allons, beauté farouche,
Il faut m'obéir à ton tour,
Viens, incline un peu sur ma couche
Ton beau corps souple et fait au tour.

Viens, je veux que ma lèvre touche
Ton front blanc plus pur que le jour ;
Je veux éteindre avec ma bouche
Tes regards enflammés d'amour.

Comme un jeune oiseau qui palpite,
Ta prunelle tremble et s'agite
Quand j'effleure tes cils soyeux.

Abaisse encor cette paupière
Et laisse-moi cueillir, ma chère,
Deux longs baisers sur tes grands yeux !

L

AUX ENVIEUX

Je vous plains plus encor que je ne vous déteste,
Envieux au teint jaune, au sourire méchant,
Toute gloire vous blesse, orgueilleuse ou modeste,
Et vous jetez dessus la bave du serpent.

Pauvres gens ! A vous seuls votre rage est funeste,
Votre inutile effort vous épuise d'autant ;
Vous vous inoculez à vous-même la peste,
Vous ouvrez au venin votre cœur palpitant !

A quoi bon ? Croyez-moi, vous ignorez la vie,
Quittez pour un moment les chagrins de l'envie,
Cessez de vous haïr, ne fût-ce qu'un seul jour !

Tous ces biens qu'ici-bas chacun de vous désire,
Ne valent pas un mot, un regard, un sourire
De l'être que l'on aime ; essayez de l'amour.

LI

MA VIEILLESSE

Quand la jeune espérance en mon cœur sera morte,
Quand j'aurai fatigué mes pas sur ce chemin
Où marche à tous hasards le pauvre genre humain,
Quand aux plaisirs d'amour je dirai : « Que m'importe ! »

Quand longtemps accablé d'ennuis de toute sorte,
Je pourrai chaque jour douter du lendemain,
Quand, resté seul des miens, j'irai tendre la main
Sans trouver d'un ami la main loyale et forte,

Je rirai, car alors au diable l'avenir !
Si j'ai mal commencé, je prétends bien finir ;
Gris du matin au soir et du soir à l'aurore,

Je veux ne craindre rien, je veux ne rien prévoir,
Je veux boire et rêver, rêver et boire encore,
Vivre sans m'en douter, mourir sans le savoir !

LII

A MADAME DE *** [1]

Moi, pauvre ver de terre amoureux d'une étoile.
V. Hugo.

Je vous aime ! Je sais quelle est ma hardiesse,
Je sais votre fierté, votre nom, votre rang ;
Je sais que vous rirez d'un aveu jeune et franc,
N'importe, je vous aime et je vous le confesse.

Aussi, croyez-le bien, malgré votre noblesse,
Moi, pauvre et plébéien, fût-ce au prix de mon sang,
Je veux de mes baisers couvrir votre sein blanc,
Je veux entre mes bras vous tenir, ma maîtresse !

Je le veux ! que ce soit dans dix ans ou demain,
Dans ces longs cheveux noirs je plongerai la main,
Je palperai ce corps dont je suis idolâtre,

Et, s'il le faut, après une nuit de bonheur,
Aussi fier que l'esclave amant de Cléopâtre,
Au matin je mourrai sans regret et sans peur !

[1] Lecteur, soyez discret ; c'est Mme de Sainte-Fantaisie.

LIII

LE SINAI

Voyez le visage d'un homme inspiré par une conviction forte. Il doit rayonner.
Théorie de la Démarche. — DE BALZAC.

Sur le mont Sinaï, Moïse vit aux cieux
L'Éternel entouré d'éclairs et de tonnerre,
Graver la sainte loi sur deux tables de pierre,
Puis disparaître au sein des splendeurs et des feux !

Il reçut à sa vue un reflet radieux,
Et, quand il descendit pas à pas sur la terre,
Son visage brillait d'une telle lumière
Que les Juifs éblouis en détournaient les yeux.

Ainsi, lorsque son âme au ciel s'est élancée,
L'homme, sur les hauteurs d'une grande pensée,
Voit la face de Dieu dans une vérité !

Alors illuminé par la flamme immortelle,
Il marche, répandant une telle clarté,
Que les peuples troublés se voilent devant elle.

LIV

A LA SUITE D'UN MOLLET

Et il faisait moult bon la voir.
RABELAIS.

Quand il a plu beaucoup après dîner, le soir,
N'est-il pas très gentil de suivre une inconnue
Honnête femme ou non, la première venue
Qui va troussant sa robe et paraît bonne à voir?

Par pur amour de l'art et sans le moindre espoir,
Admirez si le bas trahit la jambe nue,
Si le mollet est rond, la cheville menue,
Le pied fin et cambré dans le brodequin noir.

Sans vous troubler jamais encor qu'on vous provoque
D'un regard furibond ou d'un œil équivoque,
Fatiguez la pauvrette à vos pas obstinés;

Et fredonnant un air ou méditant un drame,
Trottez insoucieux jusqu'à ce que la dame
Vous ferme brusquement sa porte sur le nez!

LV

LE VIN

Alchimiste, veux-tu de l'or ?
Misanthrope, veux-tu sourire?
Veux-tu rajeunir, vieux Nestor?
Ambitieux, veux-tu l'empire?

Veux-tu, galant timide encor,
La beauté que ton cœur désire?
Captif, veux-tu prendre l'essor?
Orgueilleux, veux-tu qu'on t'admire?

Changez, vous tous qui m'écoutez,
Vos stupides réalités
En chimères fraîches et belles!

Buvez, le soir et le matin,
Une bouteille de bon vin,
Et vous m'en direz des nouvelles!

LVI

NUIT D'AOUT

Pour avoir douce souvenance
Des pauvres morts longtemps pleurés ;
Pour revoir la joyeuse enfance
Folle de ses songes dorés ;

Pour rêver gloire, amour, constance;
Pour chanter en chants inspirés ;
Pour croire encore à l'espérance;
Pour sourire aux cieux azurés :

Quand brillera Phébé la blonde
Sur les flots tranquilles de l'onde,
Sur les blés aux jaunes sillons ;

Un soir d'Août, par les prairies,
Allez bercer vos rêveries
Au cri nocturne des grillons.

LVII

LES TROIS MAITRESSES

Ouf! je suis trop heureux, le bonheur m'importune,
L'amour me favorise au-delà de mes vœux;
Trois maîtresses pour moi brûlent des plus beaux feux,
Trois ensemble : une blonde, une rousse, une brune!

Il faut, bon gré mal gré, que je plaise à chacune;
L'une en veut à ma barbe et l'autre à mes cheveux,
La troisième à mon nez qu'elle trouve hideux;
Elles m'aiment vraiment de façon peu commune!

La blonde a de beaux yeux, mais le verbe un peu haut,
La rousse a le sang vif et frappe au moindre mot,
La brune en ses transports n'y va pas de main morte.

Ma foi! c'est trop de joie; aussi, j'en suis fâché,
J'en cède une à choisir dans les trois, peu m'importe,
Et j'en donnerai deux par dessus le marché.

LVIII

LES TITANS

Gloire à nous ! l'homme enfin a conquis son domaine !
D'abord il l'explora pas à pas, mais bientôt
Il lança dans l'espace un cheval au galop,
Bientôt d'un char rapide il sillonna la plaine.

Longtemps à la mer calme il se fiait à peine.
Un jour loin de la côte il partit, et le flot
S'inclina sous la nef du hardi matelot
Qui bravait l'Océan de sa voile hautaine;

Déjà le vaisseau file au gré de la vapeur,
Sur le chemin ferré vole le voyageur;
Le ballon dans les airs apprend à se suspendre.

Demain, malgré la foudre et la haine des dieux,
Une seconde fois pour n'en plus redescendre
Les modernes Titans s'élanceront aux cieux.

LIX

LES GRISETTES

Hélas ! elles s'en vont les joyeuses grisettes,
Aimantes sans calcul, bonnes sans vanité !
Autour du feu l'hiver, dans les grands bois l'été,
C'était plaisir de voir nos folles amourettes !

On pouvait chiffonner leurs modestes toilettes,
Et le désordre même augmentait leur beauté ;
Dans nos jours de revers ou de prospérité,
Elles riaient de tout et toujours, ces fillettes !

Vous ne les valez pas, vous qui les remplacez,
Leur nom leste va mal avec vos gants glacés,
Lorettes du grand ton ; en vain vous êtes belles,

En vain vous étalez la soie et le velours,
Bien vite on vous oublie ; on se souvenait d'elles
Et longtemps on pleurait leurs naïves amours.

LX

L'AUTOMNE

L'automne vient, chantons l'automne !
Sur la terre féconde épars,
Les fruits roulent de toutes parts
Et le vin coule à pleine tonne !

La poussière au vent tourbillonne,
Au soleil courent les lézards,
Jaunes et rouges aux regards
Les bois effeuillent leur couronne.

Au loin, on entend les perdrix
Le soir s'appeler à grands cris.
Allons, chasseur, en plaine ! en plaine !

Tu les tueras, nous le savons !
Pour nous, amis, sans tant de peine,
Puisque l'automne vient, buvons !

LXI

BOUBOUTE [1]

J'ai vu beaucoup de chats et des beaux, mais je doute
Que l'on puisse trouver un matou plus joli
Que mon intime ami, le superbe Bouboute :
Si Murr [2] l'eût rencontré, je crois qu'il eût pâli !

S'il l'avait aperçu par hasard sur sa route,
Le Chat botté lui-même en son cœur eût faibli !
Quels regards soit qu'il parle ou bien soit qu'il écoute !
Que ses poils sont soyeux ! qu'il est gras et poli !

Comme il sait se rouler sous la main qui le flatte !
Avec quel goût exquis il lance un coup de patte !
Et c'est un Rodilard sous cet air doux et blanc !

Si j'en crois sa malice et son petit nez rose,
Il était femme au temps de la métempsycose.
—Vous me griffez, Bouboute ! ai-je dit vrai, méchant ?

[1] Mon ami Bouboute demeure à Vaugirard.

[2] Chat célèbre immortalisé par Hoffman.

LXII

LA COURSE EN CHARS

Væ victis !

Quel spectacle ! Au milieu d'une immense carrière,
Trente chars emportés par des coursiers fougueux,
Roulent, précipitant à travers la poussière
Leur course irrésistible aux élans furieux.

Les chevaux haletants hérissent leur crinière,
Les conducteurs, penchés sur le timon poudreux,
Jettent au ciel des cris de joie ou de colère,
Et mêlent au hasard leurs clameurs et leurs vœux.

Plusieurs tombent brisés sur la borne fatale,
Qu'importe ! On foule aux pieds l'infortuné qui râle,
Sans regarder s'il vit ou bien s'il a vécu ;

Un seul triomphera sur la sanglante arène.
Honneur au plus adroit ! — Telle est la vie humaine,
Toujours gloire au vainqueur et malheur au vaincu !

LXIII

LOINTAINE MÉLODIE

Bien souvent j'interromps ma rime commencée
Pour écouter au loin des sons harmonieux,
Et, donnant au hasard l'essor à ma pensée,
J'ouvre l'oreille au vent et je ferme les yeux.

Dans un monde idéal mon âme balancée
Se crée un doux fantôme, au cœur mélodieux,
Qui jette les accords de sa voix cadencée
Au souffle du zéphyr envolé dans les cieux.

J'aime à la passion, sans vouloir la connaître,
Celle dont les accents entrent par ma fenêtre,
Heureux, sans me donner l'ennui de faire un pas.

J'ignore d'où me vient le chant mélancolique,
Que m'importe! Je fais, bercé par la musique,
De ces rêves d'amour que l'on n'achève pas!

LXIV

L'IDÉAL

... Après avoir écrit un poème dans sa fantaisie, s'arrêter à la porte d'un mauvais lieu.... n'est-ce pas une déception par laquelle ont passé bien des hommes qui n'en conviendront pas?

(*Gambara.* — DE BALZAC).

C'est elle, l'idéal de tes nuits de délire!
Vois-tu sa taille souple et ses pas gracieux?
Comme un ange elle glisse et te jette un sourire,
Un éclair de plaisir brille dans ses beaux yeux!

Regarde qu'on la suit, regarde qu'on l'admire!
Toute femme lui lance un coup d'œil envieux,
Tout homme, à son aspect, pâlit, tremble et soupire;
Pour lui presser la main tu donnerais les cieux!

Quel maintien chaste et pur! N'est-ce pas qu'elle est belle?
Allons, jeune poète, allons, cours après elle,
Brigue l'insigne honneur de gémir sous sa loi!

Tu la suis haletant d'amour, l'âme éperdue,
Tu n'oses lui parler; au détour de la rue,
Cette femme te dit : — Veux-tu monter chez moi?

LXV

ADAM ET ÈVE

Avez-vous vu jamais une épouse craintive
Entr'ouvrir votre porte, entrer d'un pas tremblant
Et courir à vos bras où, plus morte que vive,
Elle tombe pâmée en un baiser brûlant ?

Oh ! l'adultère amour que la frayeur active,
Le battement de cœur joyeux et violent,
L'emportement fougueux de caresse naïve,
L'audacieux délire et le spasme accablant !

Que le danger soit proche et la joie est meilleure ;
Pour une année ainsi, pour un mois, pour une heure,
Nous donnerions vingt fois le plus beau Paradis.

Les temps n'ont point changé, fils d'Adam que nous sommes,
Toujours, sans hésiter, nous croquerons les pommes
Que les Èves prendront aux jardins des maris.

LXVI

ADIEU

Adieu ! jours de l'enfance aux croyances naïves.
Adieu ! plaisirs pieux et dévotes terreurs,
Qui changiez tour à tour en pleurs mes gaîtés vives,
Et mes jeunes chagrins en ravissants bonheurs.

Comme le cœur gonflé d'espérances craintives,
J'attendais chaque fête où, belle de splendeurs,
L'Église caressait nos âmes attentives
Par ses chants, ses parfums, ses clartés et ses fleurs !

J'avais alors la foi des ferventes années,
J'allais voir, le matin, si dans nos cheminées
Jésus avait jeté des bonbons pour Noël.

J'aimais les verts rameaux, le pain bénit, les cendres,
Les longs fils de la Vierge... Adieu, rêves si tendres,
Beaux mensonges dorés, envolez-vous au ciel !

LXVII

LA MAITRESSE MORTE

Hier, j'ai revu sa sœur qui m'a dit : « Elle est morte ! »
Ce mot m'a fait bien mal ! Tout notre amour passé,
Tous ces gais souvenirs que l'âge mûr emporte,
Tous me sont revenus, après m'avoir laissé.

Nous étions séparés depuis dix ans, n'importe !
Il me semblait que rien pour nous n'avait cessé,
Qu'elle allait accourir et frapper à ma porte,
Que son dernier baiser n'était pas effacé.

Prêtant au moindre bruit une oreille attentive,
Je la voyais de loin venir joyeuse et vive,
J'exhalais des regrets et des vœux superflus !

Elle était si contente au matin du dimanche !
Elle était si jolie avec sa robe blanche !
Elle aimait tant à rire !... Elle ne rira plus !

LXVIII

OMELETTE AU LARD

A une cuisinière.

Vous coupez fin votre lard,
Vous le mettez dans du beurre
Griller un demi-quart d'heure,
Blond et croquant au regard.

Cassez vos œufs sans retard ;
Pour que l'œuvre soit meilleure,
Avec un balai de feurre
Vous battrez le blanc à part.

Quand il sera tout en crême,
Au jaune battu de même
Joignez-le, mêlez le tout ;

Versez sur le lard, et vite
Chauffez, servez, et surtout.
Ayez soin que l'on m'invite.

LXIX

A LA FEMME ADULTÈRE

Jamais un mari ne sera si bien vengé
que par l'amant de sa femme.
Axiôme XCIV, *Physiologie du Mariage.*
H. DE BALZAC.

Si vous ne l'aimiez pas, il vous aimait, Madame,
Et vous aviez juré de faire son bonheur ;
Vous saviez que pour vous il eût saigné son cœur,
Vous saviez que pour vous il eût damné son âme.

O l'époux insensé ! Jamais il ne vous blâme,
Il souffre, triste et seul, et plaignant votre erreur,
Quand vous avez flétri son nom et son honneur
Il craint que le mépris ne remonte à sa femme.

Vous le connaissiez faible et vous l'avez trahi,
Vous le connaissiez bon et vous l'avez haï;
Je ne sais si je dois vous maudire ou vous plaindre ;

Bientôt mourra l'amour de votre heureux amant,
Fasse le Ciel alors qu'il daigne longtemps feindre
Et retarder pour vous l'heure du châtiment !

LXX

MONOLOGUE

Quel dévoûment ! Voilà ce que j'appelle un homme !
Quel excellent ami ! Quel cœur d'or ! Qu'il est bon !
Il m'a sauvé la vie ou du moins c'est tout comme,
Et cela, d'un seul mot, simplement, sans façon.

Il peut bien y compter, aussi vrai qu'on me nomme
Gros-Jean, je l'aiderai, c'est un charmant garçon !
Je lui fournis jadis plus d'une forte somme.
Il est reconnaissant et d'ailleurs pourquoi non ?

Chacun son tour ! Et puis il est riche, et sans gêne
Il doit prêter l'argent qu'il a gagné sans peine ;
Qu'est-ce, après tout, pour lui que trente mille écus ?

Plus que lui je travaille et j'ai bien moins de chance,
En tout temps le profit lui vient sans qu'il y pense.
Bah ! c'est un animal ! il pouvait donner plus.

LXXI

LA POLYGAMIE

La polygamie est un cas pendable.
(*Pourceaugnac.* — MOLIÈRE.)

Heureux les coqs et les sultans !
Ils peuvent aimer à leur aise
Vingt femelles en même temps,
Sans qu'au prochain cela déplaise !

Mes désirs sont moins inconstants,
Et si j'en avais quinze ou seize...
Chut ! les cagots sont mécontents
Il faut pour eux que je me taise ;

N'ayons donc pas l'air d'y toucher,
Et pour rire allons nous cacher,
Le siècle est pudibond en diable !

Même en vœu, ne l'oublions pas,
La polygamie est un cas
Coquet et mignon, mais pendable.

LXXII

LE PASSÉ

Voici bientôt cinq ans que je ne vous ai vue,
Bien qu'éloigné déjà ce souvenir m'est doux,
Je vous aimais alors d'une amour éperdue,
Et vous m'aimiez aussi; vous en souvenez-vous ?

Ah ! ma belle gaîté, qu'êtes-vous devenue ?
Nous étions, n'est-ce pas, bien jeunes et bien fous ?
Vous souriez, méchante, et vous êtes émue.
Oh ! laissez-moi tomber, Madame, à vos genoux !

Avez-vous comme moi, souvent jusqu'à l'aurore,
Songé que le bonheur sur nous brillait encore,
Et pleuré, le matin, votre songe effacé ?

Au souffle parfumé du zéphir qui se lève,
Vous plairait-il de voir réaliser le rêve
Et de revivre encor un soir dans le passé ?

LXXIII

LE CORSET

Je suis bien, vous êtes jolie,
J'ai dix-neuf ans et vous dix-sept;
Vous fuyez la mélancolie,
Et moi j'ignore ce que c'est;

Donc, trouvez ou non impolie
La formule de mon placet,
J'aime vos yeux à la folie
Et j'exècre votre corset;

L'enlevons-nous? La chambre est sûre,
La clef n'est pas à la serrure,
Si quelqu'un frappe, je suis sourd;

Et puis, en pleine canicule,
On peut avoir moins de scrupule,
Qu'en dites-vous?... Il fait si lourd!

LXXIV

LE MAL

> Quand une femme enfante, elle est dans la douleur. . mais après qu'elle a mis au monde un fils, elle ne se souvient plus de ses douleurs dans la joie qu'elle a d'avoir mis un homme au monde.
>
> (3e Dimanche après Pâques.)

En vérité, le mal n'existe pas, mes frères.
Ce que nous appelons ainsi, jeunes et vieux,
Est l'avant-goût qui rend les voluptés plus chères :
Le plaisir est un bien, le chagrin est un mieux ;

Ne pas souffrir, voilà la pire des misères !
Le travail seul nous rend le repos précieux,
Je proclame la faim reine des cuisinières,
Et la soif une Hébé digne du roi des dieux ;

Lorsqu'on a bien pleuré, comme on dort un bon somme !
La femme en couches rit d'avoir produit un homme ;
Au doigt qu'on s'est coupé, qu'un cataplasme est doux !

Que l'on nous crève un œil, nous apprécîrons l'autre ;
Quand nous allons mourir, quel bonheur est le nôtre !
Le mal n'existe pas, frères, qu'en dites-vous ?

LXXV

RENDEZ-VOUS MANQUÉ

Oh ! la cruelle enfant, elle n'est pas venue !
Joyeux de sa promesse et fier de son amour,
Je me sentais dans l'âme une joie inconnue,
Quand de mes vœux ardents j'appelais son retour ;

Elle l'avait juré ! L'espérance ingénue
Charmait d'un songe heureux mon âme sans détour,
Je ne vivais, hélas ! que pour cette entrevue,
Depuis cinq jours entiers j'aspirais à ce jour !

De quel cri de bonheur j'ai salué l'aurore !
Comme mon cœur battait et comme il bat encore !
Au moindre bruit lointain je tremblais triomphant !

Je courais, je voulais précipiter ma vie,
Je criais, je pleurais, je me pâmais d'envie,
Elle n'est pas venue, oh ! la cruelle enfant !

LXXVI

A H. DE BALZAC

Et il vit que cela était bon.
(GENÈSE).

Quand on a, comme Dieu, de sa droite féconde
Créé les éléments, établi leur accord,
Mêlé le sombre au clair, le sublime à l'immonde,
Soumis le mal au bien, uni le faible au fort;

Quand on a, comme lui, du néant fait un monde,
A son septième jour, épuisé de l'effort,
On peut se reposer dans une paix profonde
Et s'endormir tranquille au sommeil de la mort;

Ainsi tu fis, Balzac : dors donc, puissant génie,
Ta création vit dans sa large harmonie
De l'homme à l'animal et de l'ange au démon;

Tu dois la saluer en son cours magnifique,
Comme le Créateur de l'univers biblique
Qui regarda son œuvre et vit qu'il était bon.

LXXVII

LA COURTISANE

C'est pour manger, ce soir, qu'elle rôde à sa porte
Et provoque les gens de son coup d'œil banal,
Plaignez-la, mais contre elle ayez l'âme assez forte
Pour ne jamais vous prendre à son piége fatal;

Suivant l'heure et le prix vous la verrez accorte,
Mêlant à tout propos son sourire vénal,
Et comme abandonnée au désir qui l'emporte,
Elle feindra l'amour naïvement brutal;

Elle se pâmera savamment sur sa couche,
Des sanglots simulés sortiront de sa bouche,
De faux spasmes tordront son corps inanimé,

Elle aura le délire à s'y méprendre, et même
Si vous êtes prodigue, elle dira : « Je t'aime! »
— Hélas! l'infortunée! Elle a peut-être aimé!

LXXVIII

DE LA DÉCENCE

Oh ! voilez votre sein d'une gaze pudique !
Dérobez, jeune fille, à nos yeux éblouis
Vos appas de quinze ans d'hier épanouis,
Fermez-vous, lis candide, au soleil sympathique !

Quand ils seront signés d'un hymen authentique,
Vous les étalerez, vos trésors enfouis,
Et vous saurez, charmant nos regards réjouis,
A quel point la décence est un mot élastique ;

Étroit ou relâché suivant l'heure et le jour,
Il monte ou fait baisser la robe tour à tour,
Il serre en certains cas le corsage ou l'entr'ouvre.

Mais la mode toujours s'accorde au sentiment,
Et les chastes attraits, qu'en plein bal on découvre,
Se cachent au mari, se montrent à l'amant.

LXXIX

LE JEUNE MOINE

Voyez ce jeune moine au front rêveur et blême,
Il s'incline humblement sur ses genoux méurtris,
Ses yeux noirs sont creusés et ses traits sont flétris;
Combien il doit souffrir!... Il est heureux, il aime!

Sa vie est ici-bas un sublime poëme,
Pour nos biens et nos maux il n'a que du mépris,
Et quand il lève au ciel ses deux bras amaigris,
Il se pâme, enivré d'une extase suprême;

Sans cesse prosterné devant les saints autels,
Il n'a jamais, ému par des désirs charnels,
Abaissé son regard sur celui d'une femme;

Il aime cependant et meurt de volupté,
Il aime la Madone et se hâte d'être âme
Pour pleurer à ses pieds pendant l'Éternité!

LXXX

ABEILARD

O vous qui sur les pas d'une belle inhumaine
Avez couru vingt mois avant de l'attraper ;
Vous, qui vous étiez fait une amoureuse chaîne,
Qu'un heureux successeur à vos yeux vient couper,

Si vous avez senti votre cœur plein de haine,
Se gonfler en songeant qu'elle ose vous tromper,
Qu'elle mentait cent fois quand d'une voix sereine
Elle disait : « Je t'aime ! » après un bon souper,

Si vous avez compté les fiacres pris à l'heure,
Et les rhumes gagnés autour de sa demeure
Quand, pour la voir rentrer du bal, vous rôdiez tard ;

Si vous avez chiffré les bouquets, les parures,
Si vous avez sondé vos saignantes blessures,
N'avez-vous point pensé : « Je plains moins Abeilard ? »

LXXXI

LES FILS DE PROMÉTHÉE

> On les persécute, on les tue,
> Sauf, après un lent examen,
> A leur dresser une statue
> Pour la gloire du genre humain.
> (*Les Fous.*—BÉRANGER.)

Ta race n'est pas morte et ton sang coule encor,
O Prométhée, en vain se transforme le monde
Des pics de l'Amérique aux sommets du Thabor,
Toujours sur tes pareils la foudre tombe et gronde!

Que dédaigneux de vivre, insoucieux de l'or,
Un de tes fils pour nous épris d'amour profonde,
S'élance vers le ciel, d'un radieux essor,
Y ravir une idée ou sublime ou féconde;

Qu'ainsi que toi vainqueur, de l'abîme azuré
Il descende, et, le cœur brûlé du feu sacré,
Nous jette sa conquête avec un cri de joie!

Incompris de son siècle, honni, persécuté,
Il voit tout palpitant sur son roc écarté,
L'Envie, affreux vautour qui lui ronge le foie!

LXXXII

A QUELQU'UNE

Oh ! dites ! N'est-ce pas que si je vous supplie,
Vous me pardonnerez mon amour insensé ?
Cet espoir que mon cœur croyait réalisé,
Ne vous en moquez pas comme d'une folie ;

Songez-y, malgré tout il se peut qu'on s'oublie,
Et puis, j'ai de l'orgueil, sans doute mal placé,
Mais qui souffre et s'exalte alors qu'il est blessé,
Craignez !... Il sied si bien d'être bonne et jolie !

Donc, sans plisser la bouche en un souris malin,
Sans froncer les sourcils par un regard hautain,
Montrez que mon aveu ne fut pas un blasphème ;

Sinon, ma foi, tant pis pour votre frais bonnet,
Tant pis pour votre joue et tant mieux pour moi-même,
Car, parole d'honneur, je vous embrasse net !

LXXXIII

LE DROIT

La raison du plus fort est toujours la meilleure
(LA FONTAINE.)

Le plus fort a raison, le plus fort est auguste !
A lui le vaste espace et la pleine clarté !
A lui la large vie ! A lui la liberté
Pour qu'il s'épanouisse en sa grâce robuste !

L'homme abat l'animal, l'arbre étouffe l'arbuste,
Dieu le veut, qui laissa de toute éternité
Tuer le faible au nom de la nécessité !
Dès qu'il s'agit de vivre, il n'est plus rien d'injuste.

C'est la loi de nature écrite au cœur humain,
Seule immuable et vraie, allant droit son chemin
Sans abuser les gens d'une trompeuse amorce ;

Qu'on l'impose ou subisse avec ou sans courroux,
Il n'en est pas moins sûr que partout et pour tous
Le Droit, c'est l'intérêt appuyé sur la force.

LXXXIV

ROMAN

C'était en mil huit cent.... dans un petit village,
On le nommait Wilfrid, il avait des cheveux
Plus soyeux que la soie et plus noirs que ses yeux,
Il ne riait jamais et flânait comme un sage;

Vivait auprès de lui, blonde enfant de son âge,
Berthe, naïve et belle, objet de tous les vœux;
Quiconque la voyait en tombait amoureux,
Elle portait sans cesse une fleur au corsage;

Ils devaient s'épouser inévitablement,
Mais un autre eut l'amante, une autre prit l'amant.
Tout s'embrouilla si bien qu'on versa force larmes;

Enfin, devenus veufs, pour sécher leur douleur,
Devant un adjoint maigre ils unirent leurs charmes,
Et prouvèrent que l'or ne fait pas le bonheur.

LXXXV

L'HIVER

Que le bon Dieu nous protége,
Voici l'hiver sombre et froid;
Sous d'épais flocons de neige
Déjà blanchit notre toit;

Hélas! chaque jour s'abrége;
Hélas! chaque nuit s'accroît;
Autour du feu qu'on assiége,
Chacun se presse à l'étroit;

Sur leur grabat de misère,
Seuls, sans foyer, sans lumière,
Grelottent les pauvres gens;

O Seigneur, je vous en prie,
Rendez-leur l'herbe fleurie
Le soleil et le printemps!

LXXXVI

DE QUIBUSDAM

> Amour, amour, quand tu nous tiens,
> On peut bien dire...............
> (La Fontaine.)

J'ai vu des citoyens excellents catholiques,
Sains de corps et d'esprit, majeurs et vaccinés,
Jouissant de tous droits civils et politiques,
Honnêtes gens d'ailleurs et parfaitement nés;

Je les ai vus, aux pieds de nos Laïs publiques,
Se tordre et se pâmer en cris passionnés,
S'exalter aux transports les plus épileptiques,
Brûlés jusqu'à la moelle ainsi que des damnés;

Ils pleuraient, éperdus de colère et d'envie,
Ils blasphémaient au point de maudire la vie,
Pour calmer un instant leur sauvage appétit.

Certe, ils auraient osé, féroces ou sublimes,
Les plus beaux dévoûments ou les plus affreux crimes !
Hélas !... Et quand on songe à quoi tout aboutit !

LXXXVII

LETTRE DE FAIRE PART

Mon très cher,

On le veut, je borne ma conquête;
Et puis, il est trente ans et je suis un peu las;
Il faut faire une fin; l'occasion est prête,
Ma foi, les yeux fermés, je me jette en ses bras;

Aux hasards de l'hymen j'abandonne ma tête;
Je crois te voir d'ici, je sais que tu riras,
Mais la dot est jolie et la fortune honnête:
Vingt mille écus de rente assurés en tous cas!

De plus, un vieux parent qui, dit-on, boursicote;
La future est gentille, un peu blonde, mais sotte;
Verse un pleur de regret sur ton ami perdu.

Tu seras mon témoin,

Tout à toi,

Jean Dorante.

Paris, le dix-huit mai, l'an mil huit cent cinquante.
Post-Scriptum. J'oubliais: elle a de la vertu!

LXXXVIII

A MONSIEUR ALPHONSE DE LAMARTINE

Qu'il vieillisse en repos le poëte sacré,
Qui, noble par le sang, noble par le génie,
Éclaira les humains à sa splendeur bénie,
Et charma leurs tourments à son chant inspiré!

Qu'il dorme sans remords sous son toit vénéré
L'élu d'un peuple libre en un jour d'harmonie,
Qui n'abusa jamais d'une force infinie
Et quitta simplement un pouvoir honoré!

Qu'il végète indigent, fier de son indigence,
L'homme probe ayant eu tant d'or en sa puissance;
Qui s'en est allé pauvre et ne demande rien!

Qu'il se tue au travail où s'incline sa tête,
Il peut mourir en paix l'illustre citoyen,
Majestueux soleil éteint dans la tempête!

LXXXIX

PREMIÈRE CONJUGAISON

J'aime ou plutôt j'aimais la femme que j'abhorre,
Car j'aimai, j'ai longtemps aimé sans nul détour!
J'eus tout d'abord aimé l'ingrate qui l'ignore;
J'avais aimé vraiment, j'aimerai sans amour;

J'aurai sans fruit aimé?... Non, j'aimerais encore
Si, quand j'aurais aimé, j'espérais du retour;
« Aime », me dit mon cœur qu'un feu secret dévore;
Est-il prudent que j'aime après à peine un jour?

Si le destin voulait que j'aimasse en ma vie,
A-t-il ainsi fallu que j'aie aimé Silvie!
N'eût-il pas valu mieux que j'eusse aimé la mort?

Aimer, avoir aimé, devoir aimer quand même,
Avoir dû tant aimer qu'en aimant on blasphème,
Ayant aimé, jamais n'être aimé, c'est le sort!

XC

VOLUPTÉ A DISTANCE

Pendant qu'insoucieuse en ta fraîche demeure,
Tu quittes un à un tes vêtements du jour,
Tu ne sais pas, enfant, que loin de toi je pleure,
Éperdu de plaisirs et d'ennuis tour à tour !

Tu ris te croyant seule ; oh ! sache qu'à cette heure
Ma pensée indiscrète envahit ton séjour,
Comme une ombre légère elle glisse, elle effleure
Tes plus secrets appas devinés par l'amour !

Oui, je te vois, cruelle, en dépit de tes voiles,
Mes yeux, perçant la nuit ainsi que des étoiles,
Contemplent tes attraits et bravent ta pudeur...

T'étreindre renversée un instant sur ma couche,
Étouffer tes baisers et tes cris sous ma bouche,
Oh ! volupté d'enfer, ce serait le bonheur !

XCI

QUEL MÉTIER !

C'est un métier, dit-on ! Obéir à toute heure,
Abdiquer toute idée et toute volonté,
Étudier sept ans la pose la meilleure
Pour tuer son prochain avec sécurité ;

Aspirer aux combats pour que le chef y meure
Et monter sur son corps au grade ensanglanté ;
Se réjouir des maux que l'honnête homme pleure,
Etre, en paix, inutile, en guerre, détesté ;

Renverser sans fonder, consommer sans produire ;
Ne savoir que frapper, ne pouvoir que détruire,
Corrompre la campagne et flétrir la cité !

Oh ! quand les nations sauront-elles connaître
Que c'est chose barbare et qui doit disparaître,
Car ce métier est triste, oh ! triste en vérité !

XCII

LE DISTIQUE

Quid levius vento? Pulvis. Quid pulvere? Flamma.
Quid flammâ? Mulier. Quid muliere? Nihil.

N'en déplaise à la critique
Qui me lorgne de travers,
Je ris d'un rire homérique,
Au nez d'un siècle pervers ;

J'ai raison et je m'en pique,
Voyez plutôt l'univers,
Et lisez-moi ce distique
Que je traduis en six vers :

Est-il chose plus légère
Qu'un nuage de poussière ?
Le zéphyr aérien.

Plus que le zéphyr ? La flamme.
Plus que la flamme ? La femme.
Et plus que la femme ? Rien.

XCIII

TABLEAU

Asseyons-nous là-bas, à ton arbre, tu sais ?
Sur tes genoux penchés je poserai ma tête,
Et sous le dôme bleu de ce beau ciel en fête
Je chercherai tes yeux sur mes yeux abaissés ;

N'est-ce pas qu'ils sont doux et trop vite effacés
Ces instants de repos que le bon Dieu nous prête,
Où, libre de tous soins, l'âme ne s'inquiète
Ni des ennuis futurs ni des chagrins passés ?

A vivre si paisible il semble que l'on rêve !
Veux-tu que sur ton cœur qui parfois le soulève,
J'appuie ainsi mon front entouré de tes bras ?

Cependant qu'incertain du songe ou de la veille,
Je me croirai mourir, lorsque tu laisseras
Tomber un doux baiser de ta bouche vermeille.

XCIV

A UN VIEILLARD

Le plus semblable aux morts meurt le plus à regret.
(La Fontaine.)

Enfant, tu grandissais joyeux à faire envie,
Tel qu'une fleur d'avril qui s'entrouvre au soleil ;
Adolescent fougueux, sans souci du réveil,
Tu te pâmais aux pieds de Laure ou de Silvie.

Homme, vers la fortune incessamment suivie,
Tu courais, emporté d'un espoir sans pareil ;
Vieillard, tu vois s'éteindre à l'horizon vermeil,
Comme un astre au déclin le flambeau de ta vie.

Demain, spectre impuissant lassé du moindre effort,
Tu maudirais le ciel et pleurerais ton sort,
Sans retrouver jamais ton enfance adorée,

Ta jeunesse naïve en son hardi transport,
Ton âge mûr fiévreux, ta vieillesse honorée ;
Mortel ingrat, pourquoi te plains-tu de la mort ?

XCV

A PROPOS DE LA RHÉTORIQUE

Un bâton de noyer, au moins, c'est positif.
(A. de MUSSET.)

L'habile synecdoche indique un grand mérite ;
L'hyperbole me plaît, l'apostrophe a du bon ;
J'aime l'hypotypose et le dis sans façon,
Tout en appréciant la litote hypocrite.

L'enthymème est puissant mais, il tranche un peu vite ;
Le brusque syllogisme éblouit ma raison ;
Si la prosopopée étonne en un sermon,
Rien ne vaut l'ironie, elle est ma favorite.

Tous ces divers moyens, directs ou détournés,
Peuvent, suivant les cas habilement menés,
Calmer l'âme agitée, agiter l'âme calme.

Je reconnais leur force, utile en plus d'un point,
Et crois que tour à tour ils méritent la palme ;
Mais il n'est rien de tel qu'un large coup de poing.

XCVI

AGNÈS

> Et l'ange que le Ciel commit à votre garde
> N'a jamais à rougir quand rêveur il regarde
> Ce qui se passe en vous.
> (V. Hugo.)

Non, la sainte pudeur n'a pas fui de ce monde.
J'en atteste Marie, à la face de tous,
D'oranger symbolique ornant sa tête blonde,
C'est demain qu'à l'église elle accepte un époux;

Elle ignore l'amour, chasteté sans seconde!
Jamais ange du ciel, jamais vierge à genoux
Ne sut mieux exprimer la grâce pudibonde,
En mots aussi naifs, en regards aussi doux;

Il n'est pas de rosière, il n'est pas de vestale
Qui joigne à corps plus blanc âme plus idéale;
La pauvrette en aveugle abandonne sa main;

C'est un cygne argenté, c'est un lis plus candide
Que la neige n'est pure et que l'eau n'est limpide.
Mais... pourquoi donc ce soir veut-elle aller au bain?

XCVII

SED LIBERA NOS A MALO

Arrière, lieux communs de morale facile!
Sophismes odieux qui dépravez le cœur!
Non, le but n'est pas bon lorsque la route est vile,
Le succès n'absout point le déloyal vainqueur!

Dût l'univers entier le proclamer utile,
Honni soit le parjure et flétri son auteur!
N'en frappât-il qu'un seul au profit de cent mille,
Haine profonde au meurtre en son exécuteur!

Quels que soient le prétexte et le nom dont il use,
D'autant plus dangereux lorsque chacun l'excuse,
Le crime est toujours crime, ou timide ou brutal;

Funeste à qui le fait comme à qui le contemple,
Il trouble la raison et tente par l'exemple;
— O Seigneur! ô Seigneur! préservez-nous du mal!

XCVIII

LA PREMIÈRE FOIS

Garde tes baisers, ma Julie, ils sont trop âcres et trop pénétrants.
(*Nouvelle-Héloïse*. — J. J. ROUSSEAU.)

Au rendez-vous promis enfin elle est venue;
Belle et vierge, elle ignore, elle doute, elle a peur,
Et savoure pourtant sa frayeur inconnue,
Curieuse et craintive à la fois du bonheur;

Elle oppose aux regards une plainte ingénue,
Aux paroles d'amour une étrange rougeur,
Aux serrements de main une ardeur contenue,
Aux étreintes du corps un tremblement de cœur;

De ses bras indécis elle attire et repousse,
Ferme au baiser sa bouche et tend sa lèvre douce,
Le spasme et les sanglots se mêlent dans sa voix;

Elle pleure et sourit, elle se donne et lutte,
Ange par la pudeur et femme par la chute.
— Oh! l'âcre volupté de la première fois!

XCIX

CIVILISATION ET SAUVAGERIE

Je n'y tiens plus, qu'on me marie!
— Et la fille? — Je lui plais fort.
— Et la dot? — Nous sommes d'accord.
— Le contrat? — Signons, je vous prie.

— Et la corbeille? — Elle est fournie.
— Et monsieur le maire? — On en sort.
— Et l'Église? — Allons-y d'abord.
— Et le repas? — Vîte qu'on rie!

— Et le bal? — Tôt, amusez-vous.
— Et le retour? — Ah! pressons-nous!
— Et la toilette? — Allez la faire.

Que le sauvage est moins troublé!
Il jette une femme par terre,
Et s'esquive, l'enfant bâclé.

C

VENDREDI-SAINT

En ce jour où mourut le plus divin des vôtres,
Au plébéien obscur comme lui méprisé,
A l'ouvrier qui peine au profit de tant d'autres,
Au savant incompris qui succombe épuisé,

Au prophète trahi par ses propres apôtres,
Au poète pleurant sur son espoir brisé,
Au sage torturé par nous ou par les nôtres,
Au novateur raillé, frappé, martyrisé,

Au philosophe en vain usant de paraboles,
A l'orateur clamant au désert ses paroles,
Au voyant obstiné qui croit en l'avenir,

Au citoyen banni d'une ingrate patrie,
Au pasteur délaissé de sa brebis chérie,
Chrétiens, au nom du Christ, donnez un souvenir!

CI

UN AMI

Je veux un ami sûr qui jamais ne me flatte,
Et qui me soit un père, et qui m'estime assez
Pour froisser au besoin mon humeur délicate
Et dire haut et franc les mots qu'il a pensés ;

Je veux que dédaigneux de ma colère ingrate,
Malgré mes cris d'orgueil ou mes vœux insensés,
Il reste à mes côtés si la tempête éclate
Et me dispute aux flots où nous serons lancés ;

Ainsi que le nageur à l'homme qui se noie
S'attache corps à corps, et le dompte et le ploie,
S'il résiste et repousse un secourable appui,

Et, luttant tour à tour sa victime ou sa proie,
Vaincu sans regret ou vainqueur plein de joie,
Avec lui reste au gouffre ou remonte avec lui !

CII

MOURIR, REVIVRE

Eh, mes amis, qu'est-ce mourir ?
Changer de forme pour renaître,
Souffler aquilon ou zéphir,
Cristalliser soufre ou salpêtre,

Monter en herbes et fleurir,
Disparaître pour reparaître,
Et sans jamais pouvoir périr,
Se confondre dans le grand Etre ;

En vérité, je vous le dis,
De l'enfer et du paradis
Chassez la croyance naïve,

Que l'on aille je ne sais où,
Que l'on soit bête, arbre ou caillou,
Il n'importe, pourvu qu'on vive.

CIII

A MES CONTEMPORAINS

« Ont-ils assez souffert? Ont-ils assez pleuré?
« Tristes Voltairiens, désolés catholiques,
« Affligés prosateurs, rimeurs mélancoliques,
« Hurlant la foi chagrine ou le doute navré!

« Quel archange inspirait leur désespoir sacré?
» Quel Apollon soufflait leurs sombres bucoliques?
« Quel esprit saint geignait leurs chants apostoliques?
« Oh! leur Satan lugubre au blasphême éploré!

« Où donc l'élan fougueux de la gaîté gauloise?
« Où donc l'esprit français et la sève grivoise
« Qui bouillonnaient au cœur de leurs pères joyeux?

— Ainsi diront vos fils, si vous n'y prenez garde,
Ô mes contemporains, l'avenir vous regarde,
Ne songez-vous donc point que vous serez aïeux?

CIV

LE BEAU PAYS D'UTOPIE

Si vous savez cette heureuse contrée
Où les humains n'ont jamais eu de roi ;
Où, par l'usage et le temps consacrée,
La liberté seule tient lieu de loi ;

Où la raison constamment épurée
Apprend le bien, sans imposer la foi ;
Où la science aimée et vénérée,
N'excite point la haine ni l'effroi ;

Où la vertu ne prêche que d'exemple ;
Où quels que soient ses prêtres et son temple,
On peut prier le bon Dieu simplement ;

Si vous savez cette contrée heureuse
Dites-la-moi, demain, l'âme joyeuse,
J'y partirai, je vous en fais serment.

TABLE.

5558 — Imprimerie MAULDE et RENOU, rue de Rivoli, 144

PARIS,
IMP. MAULDE ET RENOU,
rue Rivoli.

www.ingramcontent.com/pod-product-compliance
Ingram Content Group UK Ltd.
Pitfield, Milton Keynes, MK11 3LW, UK
UKHW020239220726
13923UKWH00002B/745

9 782016 166543